Caperucita cuenta *Caperucita*

© Álvaro del Amo
Juan Ramón Alonso
Editorial Luis Vives, 1989
Diseño cubierta: José Antonio Velasco
Depósito legal: Z. 2053-89
ISBN: 84-263-1650-6
Talleres gráficos Edelvives
Zaragoza
Printed in Spain

Álvaro del Amo

CAPERUCITA
CUENTA
CAPERUCITA

Ilustrado por:

Juan Ramón Alonso

—Tu mamá te llama, Caperucita.

Hace rato que el gato Javier
oye la voz de la mamá de Caperucita,
que grita asomada a la ventana,
con su voz de trueno.

—Llevo un rato escuchándola,
amigo Javier
—confiesa Caperucita—,
pero no quiero atender a mi mamá.

—¿Por qué no?
—pregunta el gato Javier—.
¿Acaso no te asusta su vozarrón?
Cuando ella chilla,
las casas de la calle tiemblan
como si hubiera un terremoto.
    —Mira, Javier,
carne de gallina.
Los gritos de mi mamá me ponen
la carne de gallina.
    —¿Y aun así
te haces la remolona?
    —Sí, Javier,
porque hoy es jueves
y ya sabes lo que me toca
hacer los jueves.
    El gato Javier
se apiada de Caperucita.
Procura animarla,

utilizando, con su mejor voluntad,
razonamientos de gato.

—Pobre Caperucita,
no me acordaba.
Jueves, qué catástrofe.
No te apures.

El invierno se aleja
y en el bosque ya no sopla
esa brisilla de hielo.
El camino está seco
y los ratones de campo,
tan sabrosos,
salen muchas tardes a tomar el sol.
   La simpatía del gato Javier
no logra consolar a Caperucita.

   El gato Javier sonríe y demuestra,
con su meliflua vocecilla,
su buen conformar.

   —Ya sé, amiga Caperucita,
que no quepo.
Tu mamá —que ¿la oyes?,
sigue bramando
al final de la calle—
tiene la pésima costumbre
de abarrotar la cesta.

¿No te pesa?
—Mira la rozadura
que tengo en el brazo, Javier.
Caperucita muestra
a su amigo el gato
una costra de color rosa
en forma de habichuela
—Qué lástima.
Si pudieras llevarme en la cesta,
amiga Caperucita,
haríamos el camino charlando y yo,
de vez en cuando,
saltaría alegremente
para zamparme algún ratón
de campo,
mi plato favorito.
—¡Caperuza! ¡Caperuza!
Los gritos de la mamá
de Caperucita,

más fuertes cada vez,
agitan las ramas del árbol
que cobija la charla de los dos amigos.
Las hojas tiemblan,
muy asustadas.

    —¡Caperuza! ¿No me oyes?
    Caperucita, de mala gana,
se despide de su amigo.

    —Adiós, Javier, me voy.
Cuando pierdo el diminutivo,
la cosa se pone fea.
Mamá empieza a llamarme Caperuza
en el momento de enfurecerse.
Mientras sigo siendo Caperucita,
puedo permitirme
desobedecer un poco.
Como Caperuza, me expongo
a que mi mamá me coma cruda.

    —Adiós, Caperucita.

El gato Javier pega un brinco
y se sube al árbol,
mientras Caperucita
se apresura hacia su casa.
    La calle, el árbol y Caperucita
sienten un escalofrío
cuando la voz de trueno
vuelve a gritar:
    —¡Caperuza!
¡Que sea la última vez!

—¿Dónde te habías metido?
La mamá de Caperucita
se ha quedado un poco ronca.
Ahora su voz es áspera,
y no tan fuerte.
—Me he encontrado
con Javier en la plaza
y nos hemos entretenido charlando.
—¿Javier, el gato?

—La mamá de Caperucita
levanta con un gesto brusco
el jarro de la miel—.
¿Por qué te empeñas
en tratar con bichos?
Siempre te recomiendo
niñas y niños de tu edad, y tú ni caso.
Hazte amiga de María Rosa,
la hija del cartero.

    Caperucita soporta con paciencia
las recomendaciones de su mamá,
aunque no pierde ocasión
de discutirlas.

—María Rosa es tonta, mamá.

—Bueno, pues Josefina o María.
No tienes amigas, Caperucita.

    Caperucita, contenta
de haber recuperado el diminutivo,
no da su brazo a torcer.

—¿Cómo que no, mamá?
Tengo amigas y amigos.
Varios y muy buenos.
Javier, Margarita,
Fermín, Celia y Paco.
    La mamá de Caperucita
deposita el jarro de la miel
sobre la mesa
con tanta impaciencia
que la cafetera se asusta,
el perol refunfuña
y el frasco de cristal
se prepara para lo peor.
    La ronquera
de la mamá de Caperucita
se tiñe de indignación.
    —Por favor, Caperucita.
No son ésos los amigos
que me gustan para ti.

Javier es un gato callejero,
Margarita una gorrina,
Fermín un búho,
Celia una yegua
y Paco un topo,
¿o es un tejón?
       —Un tejón no, mamá.
Una nutria.
Paco es una nutria.
       —Es igual.
       Se puede ser nutria
y saludar a la señora
de la casa.
La última vez que lo trajiste
a merendar
se escondió bajo el fregadero
cuando aparecí.
       —Las nutrias son a veces
muy tímidas, mamá.

—Bueno, bueno,
que se te hace tarde.

Todos los jueves,
Caperucita recorre cinco leguas
para visitar, en la aldea vecina,

a su abuela, una anciana inapetente
que rara vez aprecia

el contenido de la cesta,
exquisitos manjares
que se renuevan cada semana.

Caperucita se asoma
al interior de la cesta,
levantando la servilleta de lino.
La mamá de Caperucita sabe
que la abuela come poquísimo,
pero nunca se da por vencida.
La energía que demuestra
en su voz de trueno y la comprensión,
un poco reticente,
con que acepta
a los amigos de su hija,
se transforman
en una insistencia admirable
para imaginar,
cada jueves,
un menú diferente
que llevar a la abuela.
La abuela apenas prueba bocado
y la mamá abarrota la cesta

con golosinas siempre distintas,
con la esperanza de que un jueves
vuelva Caperucita contando:
    —Mamá, no sabes
qué éxito la empanada.

La abuela se la ha comido enterita.
A mí me ha ofrecido
un pedazo minúsculo.
Ni siquiera me ha preguntado
si era de bonito o de jamón.
  Hasta ahora,
el relato de Caperucita
ha sido poco halagador:
  —Mamá, la abuela
ni se ha molestado
en averiguar lo que traía.
Me ha dado seis besos como siempre,
pidiéndome que vacíe la cesta
en la fresquera.
No imaginas lo que es aquello.
Entorno la puertecita
de madera blanca
sin saber lo que voy a encontrarme.
Me dedico a tirar lo que está peor.

El pollo de hace quince días,
intacto y cubierto
de una capa de verdín.
El flan de la última vez
se ha convertido en piedra;
tuve que arrojar también
el plato a la basura.
No te molestes, mamá,
en hacer croquetas;
crían unos bichitos
muy abundantes y nerviosos,
que no hay modo de exterminar.
        Y así una semana y otra.
La mamá ya no sabe qué inventar.
Ha optado por poner
siempre lo mismo: tortas y miel.
        —Tortas y miel
—comprueba Caperucita,
alejando la nariz de la cesta—.

A ver si este jueves hay más suerte.
    Caperucita agarra la cesta
resueltamente
y la cuelga de su brazo izquierdo,
donde la rozadura es aún muy leve:
no ha alcanzado,
como en el brazo derecho,
la categoría de costra de color rosa
en forma de habichuela.
    —Adiós, mamá, hasta la tarde.
    Caperucita abre la puerta verde
y en un segundo camina a buen paso
bajo el cielo azul.

Caperucita comprueba,
antes de entrar en el bosquecillo,
que su amigo el gato Javier
tenía razón.
Ya no sopla la brisa de hielo, hay
pocas nubes, y con su paso rápido

pronto llegará a la aldea
donde vive su abuela inapetente.

Caperucita se acuerda del Lobo.
Antes, cuando ha enumerado
ante su madre la lista de sus amigos,
no ha citado al Lobo.

Pobre Lobo.
No es que se haya olvidado de él.
Ha omitido su nombre
porque su madre no entendería
la amistad que les une.
Caperucita y el Lobo
son uña y carne.
Tantas veces ha aparecido el Lobo
en su camino,
tratando de engañarla,
y tantas veces
Caperucita lo ha engañado a él,
que acabaron por hacerse amigos.
	Ya hace tiempo que el Lobo
no merece el apodo de «feroz».
Lo único feroz que tiene el Lobo
es su apetito.
El Lobo padece normalmente
un hambre feroz.

Empieza a envejecer
y debe vigilar su dieta.
Pasó la época en que podía
comer de todo;
no sólo gallinas, ovejas y conejos,
sino también hierbas y flores,
bayas y frutas verdes.
Ahora ya no.
Caperucita hace un mes que no le ve.
La última vez se lo encontró
acurrucado en un tronco de árbol,
reponiéndose de una indigestión
de moras.

Caperucita piensa: «Pobre Lobo»,
cuando, de repente,
entre unos árboles, lo ve.
Parece que jadea.
La lengua le cuelga
como un fuelle sin aire.

Está despeinado y tirita un poco.
Caperucita oye,
mientras se acerca,
cómo castañetean los dientes amarillos
del Lobo.

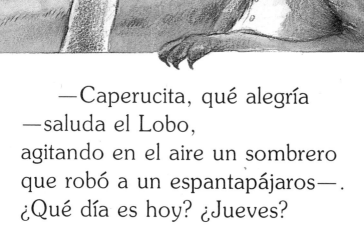

—Caperucita, qué alegría
—saluda el Lobo,
agitando en el aire un sombrero
que robó a un espantapájaros—.
¿Qué día es hoy? ¿Jueves?

—Claro, Lobo, ya sabes adónde voy.

Caperucita observa a su amigo
y piensa:

«Qué pena me da.
Se ha quedado en los huesos,
chupadísimo.

30

Y qué bracitos tan finos.
Ha perdido pelo

y su mirada luce menos; está turbia.
Encuentro al Lobo
francamente escuchimizado.

Lo peor, la pajarita.
La pajarita es patética
y el chaleco se cae a pedazos.
¿Qué le digo yo
a este pobre anciano?»
    Caperucita intenta
disimular su preocupación
y ofrece al Lobo una mentira piadosa.
    —Ya veo que te has recuperado.
    El Lobo
no es una alimaña quejica.
Al revés.
No se lamenta nunca.
Distrae sus achaques
negando el paso del tiempo.
Siempre dispuesto a jugar,
a cansarse, aunque pierda el resuello,
aunque las piernas,
las patas, le fallen.

El Lobo descubre que Caperucita
lo observa preocupada y,
para tranquilizarla,
propone un juego.
El juego «A ver quién llega antes
a casa de la abuelita»,
que los dos conocen muy bien.

—Tú por el atajo
y yo por el molino
—dice Caperucita,
facilitando a su contrincante
el camino más corto.

—De acuerdo.

El Lobo suelta un gruñido ahogado
y echa a correr con evidente esfuerzo.
Pierde el sombrero del espantapájaros
y algo más.
Del bolsillo del raído chaleco
ha saltado un objeto menudo,
que va a parar entre unas flores.

Caperucita se agacha a recogerlo.
Es un paquete pequeño,
mal envuelto
en un periódico atrasado.
    Caperucita sonríe con tristeza.
El Lobo acaba de perder
sus píldoras contra el reúma.

   El Lobo llega
a casa de la abuela sin aliento.
El último tramo del camino
lo ha hecho a trompicones,
aprovechando la cuesta abajo,
con la vista nublada
y el paso incierto.

«Ya no estoy para estos trotes»,
piensa el Lobo,
que llama a la puerta,
accionando la aldaba,
con la esperanza de una invitación
a almorzar.

—¡Adelante!

—anima la abuela,
desde su cama,
incapaz de ocultar
su decepción cuando,
un instante después,
ve recortarse la figura
flaca del Lobo en la puerta—.
Ah, ¿eres tú, Lobo?

El Lobo jadea
para recuperar el aliento;
de sus fauces agotadas
no brota más que un leve quejido.

—Pasa, hombre, pasa
—invita la abuela—.
No te quedes ahí
en la puerta como un pasmarote,
que hay corriente.

El Lobo pasa,
cierra la puerta y se sienta,

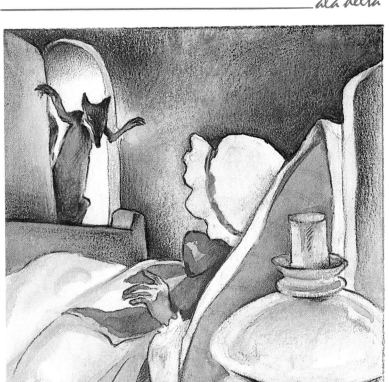

aún resoplando,
en un taburete,
a los pies de la cama de la abuela.
　　—Tienes mal aspecto, Lobo

—dice la abuela decepcionada—.
Espero a Caperucita.

—Llegará enseguida
—anuncia el Lobo,
respirando entrecortadamente.

—Vendrás hambriento, Lobo
—asegura la abuela,
en un tono de anciana cascarrabias,
pero sin la menor acritud;
y añade, con sincera curiosidad—
¿Por qué eres tan tragón, Lobo?

El Lobo, más tranquilo,
parece avergonzado.

—No lo sé, abuela.

—No lo sé, no lo sé…
¡Pamplinas!
A ciertas edades se mantiene uno
con casi nada.

—No me acostumbro a no comer,

abuela —se disculpa el Lobo,
frotándose las pezuñas
fatigadas por la carrera.

—Pues aquí no esperes gran cosa.
Yo como poco. ¿Qué haces?

El Lobo deja de frotarse
las pezuñas.
La abuela sigue regañándole.

—¿Qué tienes,
el baile de San Vito?

El Lobo, tímidamente,
se atreve a responder.

—No, abuela; flojera.

—Gazuza lo llamo yo.
Asómate a la fresquera,
a ver si encuentras
algo comestible.

El Lobo obedece
y husmea en la fresquera.

La abuela pregunta con picardía:

—¿Qué ves?

—Un tomate muy rojo.

La abuela se echa a reír.

—No es un tomate muy rojo,
sino una manzana muy pocha.
¿Qué más?

—Un pez.

—¿Qué? —se extraña la abuela.

—Una especie de pez.

La abuela
se está divirtiendo de lo lindo.

—Te confundes, Lobo.
Es un manojo de espárragos:
con el tiempo se encogen y retuercen.
¿No hay otra cosa?

El Lobo mete la cabeza
en la fresquera
y anuncia con escaso entusiasmo:

—Una uva.

La abuela suelta una sonora
carcajada.

—No das una, Lobo. ¡Una uva!
Es una castaña pilonga.
No creo que esté putrefacta.
Cómetela, si te apetece.

El Lobo, a falta de algo
más sustancioso,
se lleva a la boca la castaña pilonga
y empieza a masticarla con avidez.

La abuela,
después de haberse reído
un rato del Lobo,
le dice amablemente:

—Que aproveche.

El Lobo
traga la castaña pilonga
con dificultad y,

más hambriento que antes,
sin pensarlo dos veces,
pega un brinco
y se zampa a la abuela de un bocado.

Llega Caperucita,
que ha venido despacio,
haciendo tiempo, y se encuentra
al Lobo en la cama de la abuela.
    «Hasta se ha puesto
el camisón y el gorro»,
comprueba Caperucita sin decir nada.

—Vendrás cansada, Caperucita
—asegura el Lobo,
imitando torpemente
la voz de la abuela—.
Ven a acostarte un rato a mi lado.
   «No me apetece nada
seguir jugando a Caperucita Roja»,
piensa Caperucita,
quitándose el vestido.
Luego dice en voz alta.
   —Pero que sea la última vez.

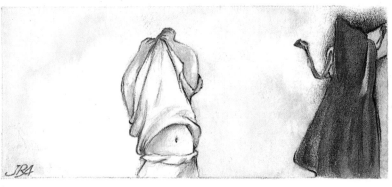

El Lobo no responde
y hace sitio a Caperucita
en la cama de la abuela.

Caperucita se acuesta
junto al Lobo,
que, con gorro
y camisón,
parece más flaco,
viejo y hambriento que nunca.

—¡Qué ojeras más grandes tienes!
—exclama Caperucita
ante el rostro demacrado
y los ojos hundidos del Lobo.

—Son para verte me...
—empieza a decir el Lobo.

Caperucita le interrumpe.

—Déjate de bobadas, Lobo.
Estoy harta de jugar
a Caperucita y el Lobo.

Me preocupa tu aspecto,
si quieres que te diga la verdad.
Ya no tienes edad de correr,
ni de disfrazarte,
ni de repetir las frases
del cuento.
Necesitas cuidados,
buenos alimentos,
una cama caliente,
y hasta un camisón de lana
como el que llevas.
Tampoco el gorro te sobra.
Las orejas se te quedan frías
cuando cae la tarde.

El Lobo, muy serio,
reconoce que Caperucita tiene razón
y asiente,
moviendo de arriba abajo la cabeza
tocada con el gorro.
Nunca el Lobo ha aparecido tan triste
y tan anciano.
        —Antes, Lobo, todo lo tenías grande
—sigue diciendo Caperucita
con voz dulce,
procurando consolar a su amigo—.
En el cuento
disponías de órganos distintos
de buen tamaño;
ojos para verme mejor,
brazos para abrazarme mejor,
boca para comerme mejor.
Ahora ya no es lo mismo,
Lobo, reconócelo.

—Es verdad
—asiente el Lobo, compungido;
y añade, preocupado—
¿Tan mal me encuentras?
        —Todo lo que antes
funcionaba «mejor»,
resulta ahora «peor».
Los ojos, que antes te servían
para ver mejor que nadie,
aparecen ahora hundidos
en el fondo de unas ojeras
de pésimo color.
Los brazos, o patas,
que garantizaban
unos abrazos rápidos y firmes,
son ahora dos fideos
de los que cuelgan
unos pelillos canosos.
La boca…

—No sigas, Caperucita
—ruega el Lobo,
que presenta signos evidentes
de fatiga—.
No sigas, que me voy a echar a llorar.
    —Eso tampoco, Lobo,
no seas ñoño.
    Caperucita se levanta
y ofrece al Lobo una torta con miel,
que saca de la cesta
que ha traído a la abuela.

El Lobo se come
ávidamente
los manjares
y se queda dormido como un bendito.

Caperucita sale
a la puerta de la casa
y llama a Rigoberto,
el guarda forestal.

—¡Rigoberto!

Rigoberto, al ver a Caperucita
en la puerta de la casa de la abuela,
ya sabe lo que tiene que hacer.
Mientras se acerca a buen paso,
prepara sus tijeras,
que siempre lleva bien afiladas.

—Buenos días, Caperucita
—saluda Rigoberto,
blandiendo las tijeras—.
Aquí me tienes,
dispuesto a abrir la tripa al Lobo
una vez más.

Se ve que Rigoberto,
el guarda forestal,

ha repetido muchas veces
la misma operación,
porque corta el vientre del Lobo
con gran pericia.
Sale la abuela muy sonriente
y Caperucita cose rápidamente
el vientre del Lobo.

  —Había pensado instalarle al Lobo
una cremallera en la tripa
—propone Rigoberto—.
Así la abuela podría salir con facilidad.
La piel del pobre Lobo
ya no está para tanto zurcido.

  —Buena idea
—aprueba la abuela
mientras hace un par de flexiones
para desentumecerse—.
Una cremallera, además,
cerraría mejor.

Los cusiñacos de mi nieta
no son muy perfectos.
El aire se cuela.
Esta vez hacía fresco
en el interior de la tripa del Lobo.

El Lobo, a todo esto,
ha seguido durmiendo
sin enterarse de nada.

—Miradlo —ruega Caperucita—,
como un bebé.

Nada de cremalleras,
pobrecito.
A ver si lo convencemos entre todos
para que deje de jugar a Caperucita.
Ya se le ha pasado la edad.
El cuento exige un lobo joven,
un lobo incansable.

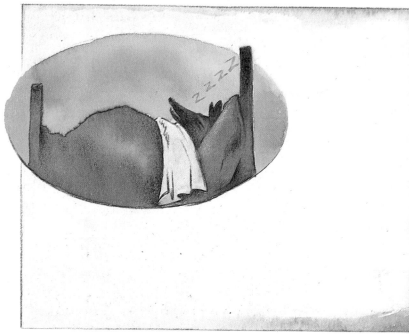

Hace falta mucha salud
para esperarme en el bosque helado,
para llegar hasta aquí corriendo,
para zamparse a una abuela
sin masticar…
Si os parece,
vamos a dejarle dormir un rato más.

Una tía mía, la tía María Elena,
dirige un asilo
de animales ancianos.
Hasta ahora no han admitido
ninguna fiera.
Sé que hay conejos,
canarios, tortugas,
incluso una oca
que se llama Felisa.
Los leones, los elefantes
y las boas aparecen
expresamente prohibidos
por el reglamento,
pero sé que hay un oso desdentado
esperando plaza.
La tía María Elena,
que es una mujer muy serena
y animosa,
quiere ampliar la valla del corral

para acoger
a una pareja de jabalíes,
personas por lo visto muy educadas,
con el estómago delicado
por comer bellotas frías.

La abuela y Rigoberto,
el guarda forestal,
se mostraron plenamente de acuerdo
con el plan propuesto por Caperucita.

El Lobo acabó sus días
muy bien atendido
en el asilo de animales
ancianos de la tía
María Elena.

La abuela se alimentó
desde entonces
con tortas y miel,

y clausuró para siempre,
con un grueso candado,
la fresquera donde todo se
estropeaba.
    Caperucita,
que visitaba a la abuela
un jueves sí y dos no,
se acordaba a menudo
de su buen amigo el Lobo.
Nunca llegó a olvidarse de él.
Creció, se hizo mayor,
y seguía contando
el cuento de Caperucita
sin decir que ella era Caperucita
y sin revelar que había sido
muy amiga del Lobo.

COLECCIÓN **ALA DELTA**

Serie amarilla. A partir de los 3 años

1. *Lun.* CARLOS MURCIANO.
2. *El conuco de tío Conejo.* ARTURO USLAR PIETRI.
3. *El gegenio.* FERNANDO ALONSO.
4. *Poemas a doña Chavala y don Chaval.* MARINA ROMERO.
5. *Cuento de papá.* EUGÈNE IONESCO.
60. *Aventuras de Rufo y Trufo.* CARMEN GARCÍA IGLESIAS.
81. *Versos de agua.* ANTONIO GARCÍA TEIJEIRO.

Serie roja. A partir de los 5 años

6. *Los machafatos.* CONSUELO ARMIJO.
7. *Doneco Teleco.* PILAR MATEOS.
8. *Sin trompa y sin melena.* JESÚS BALLAZ.
9. *El gato chino.* JOSÉ LUIS OLAIZOLA.
10. *El cartero que se convirtió en carta.* ALFREDO GÓMEZ CERDÁ.
11. *La estrella.* JESÚS OLÓRIZ.
34. *La luna, doña Soledad y su gato.* VIVÍ ESCRIVÁ.
35. *Pablo Pablo en busca del sol.* ÁNGEL ESTEBAN.
36. *Cuando todo pasa volando.* BEATRIZ DOUMERC.
37. *La familia de los coches.* MILIKI.
45. *Tomás y el lápiz mágico.* RICARDO ALCÁNTARA.
54. *El fantasma Cataplasma.* JAVIER SEBASTIÁN LUENGO.
55. *Rino, músico y poeta.* JORGE WERFFELI.
68. *Letrilandia.* AURORA USERO.
91. *Los machafatos siguen andando.* CONSUELO ARMIJO.
92. *Caperucita cuenta* Caperucita. ÁLVARO DEL AMO.